且讀

……

31

# 海子

## 诗歌精读

海子 著

浙江人民出版社

海子

1 | 3

2 | 4

❶ 海子的画

❷ 1988年海子与诗友宋氏兄弟合影

❸ 20岁的海子

❹ 1987年秋，海子在北京十三陵大红门墙前留影（孙理波 摄）

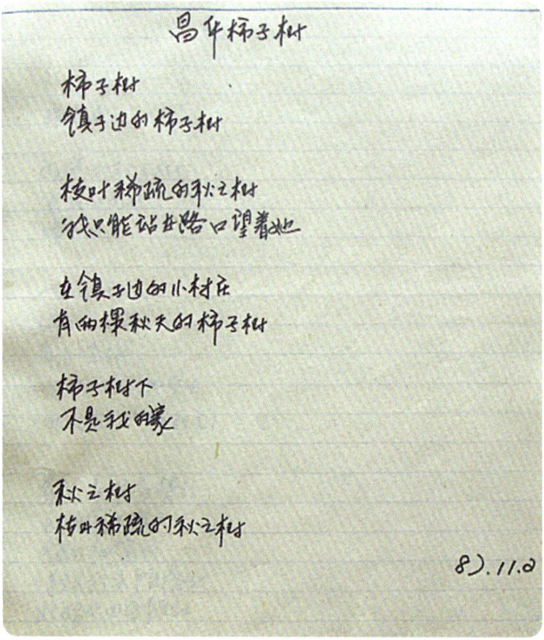

昌平柿子树

柿子树
镇子边的柿子树

枝叶稀疏的秋天树
我只能站在路口望着她

在镇子边的小村庄
有两棵秋天的柿子树

柿子树下
不是我的家

秋天树
枝叶稀疏的秋天树

87.11.2

海子手迹

# 目录

人物

咏物

即事

# 抒情

诗歌精读·海子 >>

# 亚洲铜

亚洲铜，亚洲铜
祖父死在这里，父亲死在这里，我也将死在这里
你是唯一的一块埋人的地方

亚洲铜，亚洲铜
爱怀疑和爱飞翔的是鸟，淹没一切的是海水
你的主人却是青草，住在自己细小的腰上，守住野花的手掌和秘密

亚洲铜，亚洲铜
看见了吗？那两只白鸽子，它是屈原遗落在沙滩上的白鞋子
让我们——我们和河流一起，穿上它吧

亚洲铜，亚洲铜

击鼓之后，我们把在黑暗中跳舞的心脏叫做月亮
这月亮主要由你构成

1984.10

# 新　娘

故乡的小木屋、筷子、一缸清水
和以后许许多多日子
许许多多告别
被你照耀

今天
我什么也不说
让别人去说
让遥远的江上船夫去说
有一盏灯
是河流幽幽的眼睛
闪亮着
这盏灯今天睡在我的屋子里

过完了这个月，我们打开门

一些花开在高高的树上
一些果结在深深的地下

1984.7

# 历　史

我们的嘴唇第一次拥有
蓝色的水
盛满陶罐
还有十几只南方的星辰
火种
最初忧伤的别离

岁月呵

你是穿黑色衣服的人
在野地里发现第一枝植物
脚插进土地
再也拔不出
那些寂寞的花朵
是春天遗失的嘴唇

## 岁月呵，岁月

公元前我们太小
公元后我们又太老
没有人见到那一次真正美丽的微笑
但我还是举手敲门
带来的象形文字
撒落一地

岁月呵
岁月

到家了
我缓缓摘下帽子
靠着爱我的人
合上眼睛
一座古老的铜像坐在墙壁中间
青铜浸透了泪水

岁月呵

1984

# 船尾之梦

上游祖先吹灯后死去
只留下
河水
有一根桨
像黄狗守在我的船尾

船尾
月亮升了，升过婴儿头顶
做梦人
脚趾一动不动
踩出没人看见的足迹

做梦人脊背冒汗

而婴儿睡在母亲怀里

睡在一只大鞋里
我的鞋子更大
我睡在船尾
月亮升了

月亮打树，无风自动
生物潜入河流或身体
梦见人类，无风自动

1985.7.12

# 燕子和蛇（组诗）

## 1. 离合

美丽在春天
疼成草叶

一种三节的草
爱你成病

美丽在天上
鸟是拖鞋

长草的拖鞋
嘴埋在水里

美丽在水里
鱼是草的棺材

一种草
一种心尖上的草

美丽在草原上
枕着鹿头

## 2. 三位姑娘

——写给莱蒙托夫不幸的爱情

我看见
莱蒙托夫的旧报纸上
三只燕子
三只肉体的燕子
使我的灯光
受伤

用手指推推
不醒的
你自己

扶着自己
像扶着一匹笨马
用手指推推身边的燕子：我不是

灯，我是火灾

燕子交叉地
穿过
诗人的胳膊
落入家具的间间新房
只当诗人就是笨马
过早地死在□上[①]

## 3. 包谷地

丑女人脊背上有条条花蛇
花蛇滑下，她就坐在那儿繁殖包谷
幸福又痛苦
我要说
没有男人能配得上她

① 原稿中有脱字。

丑女人脊背上有种种命运
命运降临，她只坐在那儿繁殖包谷
河水泛滥流过无数美丽的女人
我要说
没有女人能比得上她

## 4. 母亲的姻缘

一碗泥
一碗水
半截木梳插在地上
母亲的姻缘
真是好姻缘

村庄，村庄
木桶中女婴摇晃
村庄，村庄
母亲的姻缘
真是好姻缘

鱼尾之上

灯盏敲门
一团泥巴走进屋来
母亲的姻缘
真是好姻缘

白鱼流过
桃树树根
嘴唇碰破在桃花上
母亲的姻缘
真是好姻缘

秤杆上天空的星星压住
半两土
半两雪
母亲的姻缘
真是好姻缘

她沉在何方
谁也不清楚
村庄中一枚痛苦的小戒指
母亲的姻缘
真是好姻缘

## 5. 手

离开劳动
和爱情，我的手
变成自我安慰的狗
这两只狗
一样的
孤独
在我脸上摸索
擦掉眼泪
这是不是我的狗
是不是我最后的家乡的狗？

## 6. 鱼

村民像牛一样撞进屋子，亲他的妻子
又数着
十二粒麦种
内陆深处
我跪在一条鱼身上
整个村庄是我的儿子

再长的爱情也不算久
噢你刚好被我想起
我在鱼身上写下少女的名字
一边询问一边自己回答
女巫的嘴唇一开一合
真诚的爱情
真诚的爱情错误百出
整个村庄是你的儿子

河流噢河
再美的爱情也不像花朵
人类的泪水养家糊口
人类的泪水中
鱼群像草一样生长
泪水噢河
整个村庄是我们的儿子
村民像牛一样撞进屋子，亲他的妻子

# 活在珍贵的人间

活在这珍贵的人间
太阳强烈
水波温柔
一层层白云覆盖着
我
踩在青草上
感到自己是彻底干净的黑土块

活在这珍贵的人间
泥土高溅
扑打面颊
活在这珍贵的人间
人类和植物一样幸福
爱情和雨水一样幸福

1985.1.12

## 在昌平的孤独

孤独是一只鱼筐
是鱼筐中的泉水
放在泉水中

孤独是泉水中睡着的鹿王
梦见的猎鹿人
就是那用鱼筐提水的人

以及其他的孤独
是柏木之舟中的两个儿子
和所有女儿，围着诗经桑麻沅湘木叶
在爱情中失败
他们是鱼筐中的火苗
沉到水底

拉到岸上还是一只鱼筐

孤独不可言说

1986

# 谣　曲（四首）

## 之一

你是我的哥哥你招一招手
你不是我的哥哥你走你的路

小灯，小灯，抬起他埋下的眼睛

你的树丛大而黑
你的辕马不安宁
你的嘴唇有野蜜
你是丈夫——还是兄弟

小灯，小灯，抬起他埋下的眼睛

你是我的哥哥你招一招手
你不是我的哥哥你走你的路

## 之二

白鸽，白鸽
扎好我的头巾
风吹着你们的身子
像吹我白色头巾

白鸽白鸽你别说
美丽的脑袋小太阳
到了黑夜变月亮
白鸽白鸽你别说

## 之三

南风吹木
吹出花果
我要亲你
花果咬破

## 之四

月亮月亮慢慢亮
照着一只木头床
河流河流快快流
渡过我的心头肉

白马过河一片白
黑马过河一片黑
这一条河流
总是心头的河流

白马过河是月圆
黑马过河是月残
这一只月亮
总是床头的月亮

1986.8

# 夜晚　亲爱的朋友

在什么树林，你酒瓶倒倾
你和泪饮酒，在什么树林，把亲人埋葬

在什么河岸，你最寂寞
搬进了空荡的房屋，你最寂寞，点亮灯火

什么季节，你最惆怅
放下了忙乱的箩筐
大地茫茫，河水流淌
是什么人掌灯，把你照亮

哪辆马车，载你而去，奔向远方
奔向远方，你去而不返，是哪辆马车

1987.5.20 黄昏

# 汉　俳

## 1．河水

亡灵游荡的河
在过去我有多少恐惧
只对你诉说

## 2．王位上的诗人

还没剥开羊皮　举着火把
还没剥开少女和母亲美丽的身体

## 3．打麦黄昏，老年打麦者

在梨子树下
晚霞常驻

## 4. 草原上的死亡

在白色夜晚张开身子
我的脸儿，就像我自己圣洁的姐姐

## 5. 西藏

回到我们的山上去
荒凉高原上众神的火光

## 6. 意大利文艺复兴

那是我们劳动的时光
朋友们都来自采石场

## 7. 风吹

茫茫水面上天鹅村庄神奇的门窗合上

## 8. 黄昏

在此刻　销声匿迹的人　突然出现
他们神秘而哀伤的马匹在树下站定

## 9. 诗歌皇帝

当众人齐集河畔　高声歌唱生活
我定会孤独返回空无一人的山峦

1987

# 麦　地（或遥远）

发自内心的困扰　饱含麦粒的麦地
内心暴烈
麦粒在手上缠绕

麦粒　大地的裸露
大地的裸露　在家乡多孤独
坐在麦地上忘却粮仓　歉收或充盈的痛苦
谷仓深处倾吐一句真挚的诗　亲人的询问

幸福不是灯火
幸福不能照亮大地
大地遥远　清澈镌刻
痛苦
海水的光芒
映照在绿色粮仓上

鱼鲜撞动

沙漠之上的雪山
天空的刀刃
冰川　散开大片羽毛的光
大片的光　在河流上空　痛苦地飞翔

# 重建家园

在水上　放弃智慧
停止仰望长空
为了生存你要流下屈辱的泪水
来浇灌家园

生存无须洞察
大地自己呈现
用幸福也用痛苦
来重建家乡的屋顶

放弃沉思和智慧
如果不能带来麦粒
请对诚实的大地
保持缄默　和你那幽暗的本性

风吹炊烟
果园就在我身旁静静叫喊
“双手劳动
　　慰藉心灵”

1987

# 献　诗

——给S

谁在美丽的早晨
谁在这一首诗中

谁在美丽的火中　飞行
并对我有无限的赠予

谁在炊烟散尽的村庄
谁在晴朗的高空

天上的白云
是谁的伴侣

谁身体黑如夜晚　两翼雪白
在思念　在鸣叫

谁在美丽的早晨
谁在这一首诗中

1987.2.11

# 秋

用我们横陈于地的骸骨
在沙滩上写下：青春。然后背起衰老的父亲
时日漫长　方向中断
动物般的恐惧充塞着我们的诗歌

谁的声音能抵达秋之子夜　长久喧响
掩盖我们横陈于地上的骸骨——
秋已来临。
没有丝毫的宽恕和温情：秋已来临

1987.8

# 眺望北方

我在海边为什么却想到了你
不幸而美丽的人　我的命运
想起你　我在岩石上凿出窗户
眺望光明的七星
眺望北方和北方的七位女儿
在七月的大海上闪烁流火

为什么我用斧头饮水　饮血如水
却用火热的嘴唇来眺望
用头颅上鲜红的嘴唇眺望北方
也许是因为双目失明

那么我就是一个盲目的诗人
在七月的最早几天

想起你　我今夜跑尽这空无一人的街道
明天，明天起来后我要重新做人
我要成为宇宙的孩子　世纪的孩子
挥霍我自己的青春
然后放弃爱情的王位
　　去做铁石心肠的船长

走遍一座座喧闹的都市
　　我很难梦见什么
除了那第一个七月，永远的七月
七月是黄金的季节啊
当穷苦的人在渔港里领取工钱
我的七月萦绕着我，像那条爱我的孤单的蛇
——她将在痛楚苦涩的海水里度过一生

1987.7 草稿

1988.3 改

# 太阳和野花

——给 AP

太阳是他自己的头
野花是她自己的诗

我对你说
你的母亲不像我的母亲

在月光照耀下
你的母亲是樱桃
我的母亲是血泪

我对天空说
月亮，她是你篮子里纯洁的露水
太阳，我是你场院上发疯的钢铁

太阳是他自己的头
野花是她自己的诗
在一株老榆树的底下
平原上
流过我的骨头

在猎人夫妻的眼中　在山地
那自由的尸首
淌向何方

两位母亲在不同的地方梦着我
两位女儿在不同的地方变成了母亲
当田野还有百合，天空还有鸟群
当你还有一张大弓、满袋好箭
该忘记的早就忘记
该留下的永远留下

太阳是他自己的头
野花是她自己的诗

总是有寂寞的日子
总是有痛苦的日子

总是有孤独的日子
总是有幸福的日子
然后再度孤独

是谁这么告诉过你：
答应我
忍住你的痛苦
不发一言
穿过这整座城市
远远地走来
去看看他　去看看海子
他可能更加痛苦
他在写一首孤独而绝望的诗歌
　　死亡的诗歌

他写道：
平原上
流过我的骨头
当高原的人　在榆树底下休息
当猎人和众神
或起或坐，时而相视，时而相忘
当牛羊和牛羊在草上

看见一座悬崖上
牧羊人堕下，额角流血
再也救不活他了——
他写道：
平原上
流过我的骨头

这时，你要
去看看他

答应我
忍住你的痛苦
不发一言
穿过这整座城市

那个牧羊人
也许会被你救活
你们还可以成亲
在一对大红蜡烛下
这时他就变成了我

我会在我自己的胸脯找到一切幸福

红色荷包、羊角、蜂巢、嘴唇
和一对白色羊儿般的乳房

我会给你念诗：
太阳是他自己的头
野花是她自己的诗

到那时　到那一夜
也可以换句话说：
太阳是野花的头
野花是太阳的诗
他们只有一颗心
他们只有一颗心

1988.5.16夜
删86年以来许多旧诗稿而得

# 两行诗

## 1

海水点亮我
垂死的头颅

## 2

我是黄昏安放的灵床：车轮填满我耻辱的形象
落日染红的河水如阵阵鲜血涌来（86.87.88）

## 3

起风了
太阳的音乐　太阳的马

4

在远远被雪山围住的亲人中央
为他画一果实　画两只乳房

5

疾病中的酒精
是一对黑眼睛

6

妹妹瞎了　但她有六根手指
她被荷马抱在怀中

7

寂静太喜爱
闪电中的猎人

# 七百年前

七百年前辉煌的王城今天是一座肮脏的小镇
当年我打马进城　手提一袋青稞
当年我用一袋青稞换取十八颗人头
还有九颗，葬在城中，下落不明

在山洞里十二只野兽梦想变成老鹰，齐声哀鸣
这是山顶上最后的山洞梦想着天空
突然有一种感觉，好像还是在又饥又饿地走在路上
在幽暗中我写下我的教义，世界又变得明亮

1988.8.18

# 西　藏

西藏，一块孤独的石头坐满整个天空
没有任何夜晚能使我沉睡
没有任何黎明能使我醒来

一块孤独的石头坐满整个天空
他说：在这一千年里我只热爱我自己

一块孤独的石头坐满整个天空
没有任何泪水使我变成花朵
没有任何国王使我变成王座

1988.8

## 遥远的路程

——十四行献给89年初的雪

我的灯和酒坛上落满灰尘
而遥远的路程上却干干净净
我站在元月七日的大雪中，还是四年以前的我
我站在这里，落满了灰尘，四年多像一天，没有变动
大雪使屋子内部更暗，待到明日天晴
阳光下的大雪刺痛人的眼睛，这是雪地，使人羞愧
一双寂寞的黑眼睛多想大雪一直下到他内部

雪地上树是黑暗的，黑暗得像平常天空飞过的鸟群
那时候你是愉快的，忧伤的，混沌的
大雪今日为我而下，映照我的肮脏
我就是一把空空的铁锹
铁锹空得连灰尘也没有
大雪一直纷纷扬扬

远方就是这样的，就是我站立的地方

1989.1.7

# 面朝大海，春暖花开

从明天起，做一个幸福的人
喂马，劈柴，周游世界
从明天起，关心粮食和蔬菜
我有一所房子，面朝大海，春暖花开

从明天起，和每一个亲人通信
告诉他们我的幸福
那幸福的闪电告诉我的
我将告诉每一个人

给每一条河每一座山取一个温暖的名字
陌生人，我也为你祝福
愿你有一个灿烂的前程
愿你有情人终成眷属
愿你在尘世获得幸福

我只愿面朝大海，春暖花开

1989.1.13

# 折　梅

站在那里折梅花
山坡上的梅花
寂静的太平洋上一封信
寂静的太平洋上一人站在那里折梅花

折梅人在天上
天堂大雪纷纷　一人踏雪无痕
天堂和寂静的天山一样
大雪纷纷
站在那里折梅
亚洲，上帝的伞
上帝的斗篷，太平洋
太平洋上海水茫茫
上帝带给我一封信
是她写给我的信

我坐在茫茫太平洋上折梅，写信

1989.2.3

# 黎　明（之一）

（阿根廷请不要为我哭泣）

我的混沌的头颅
是从哪里来的
是从哪里来的运货马车，摇摇晃晃
不发一言，经过我的山冈
马车夫像上帝一样，全身肮脏
伏在自己的膝盖上
抱着鞭子睡去的马车夫啊
抬起你的头，马车夫
山冈上天空望不到边
山冈上天空这样明亮
我永远是这样绝望
永远是这样

1989.2.21

# 黎　明（之二）

（二月的雪，二月的雨）

我把天空和大地打扫干干净净
归还给一个陌不相识的人
我寂寞地等，我阴沉地等
二月的雪，二月的雨

泉水白白流淌
花朵为谁开放
永远是这样美丽负伤的麦子
吐着芳香，站在山冈上

荒凉大地承受着荒凉天空的雷霆
圣书上卷是我的翅膀，无比明亮
有时像一个阴沉沉的今天
圣书下卷肮脏而欢乐

当然也是我受伤的翅膀
荒凉大地承受着更加荒凉的天空

我空空荡荡的大地和天空
是上卷和下卷合成一本
的圣书，是我重又劈开的肢体
流着雨雪、泪水在二月

1989.2.22

# 黎　明（之三）

黎明手捧亲生儿子的鲜血的杯子
捧着我，光明的孪生兄弟
走在古波斯的高原地带
神圣经典的原野
太阳的光明像洪水一样漫上两岸的平原
抽出剑刃般光芒的麦子
走遍印度和西藏
从那儿我长途跋涉　走遍印度和西藏
在雪山，乱石和狮子之间寻求
天空的女儿和诗
波斯高原也是我流放前故乡的山巅

采纳我光明言辞的高原之地
田野全是粮食和谷仓
覆盖着深深的怀着怨恨

和祝福的黑暗母亲
地母啊，你的夜晚全归你
你的黑暗全归你，黎明就给我吧
让少女佩带花朵般鲜嫩的嘴唇
让少女为我佩带火焰般的嘴唇
让原始黑夜的头盖骨掀开
让神从我头盖骨中站立
一片战场上血红的光明冲上了天空
火中之火，
他有一个粗糙的名字：太阳
和革命，她有一个赤裸的身体
在行走和幻灭

1987.9.26 夜草稿

1989.3.1 夜改

# 春　天

春天的时刻上登天空
舔着十指上的鲜血
春天空空荡荡
培养欲望　鼓吹死亡

风是这样大
尘土这样强暴
再也不愿从事埋葬
多少头颅破土而出

春天，残酷的春天
每一只手，每一位神
都鲜血淋淋
撕裂了大地胸膛

太阳啊
你那愚蠢的儿子呢
他去了何方
天空如此辽阔

烧死在悲痛的表面
大海啊
这阳光闪烁
的悲痛表面

秋天的儿子
他去了何方
千秋万代中那唯一的儿子
去了何方?

女儿内心充满仇恨和寒冷
想念你，爱着你，但看不见你
她没有你就像天空没有边缘
天空空空荡荡，一派生机
我们无可奈何
我们无法活在悲痛的中心

天空上的光明
你照亮我们
给我们温暖的生命
但我们不是为你而活着
我们活着只为了自我
也只有短暂的一个春天的早晨

愿你将我宽恕
愿你在这原始的中心安宁而幸福地居住
你坐在太阳中央把斧子越磨越亮，放着光明
愿你在一个宁静的早晨将我宽恕
将我收起在一个光明的中心
愿我在这个宁静的早晨随你而去
忘却所有的诗歌
我会在中心安宁地居住，就像你一样
把他的斧子越磨越亮，吃，劳动，舞蹈
沉浸于太阳的光明

在羊群踩出的道上是羊群的灵魂蜂拥而过
在豹子踩出的道上是豹子的灵魂蜂拥而过
哪儿有我们人类的通道
有着锐利感觉的斧子

像光芒　在我胸口
越磨越亮

太阳的波浪
隐隐作痛
我进入太阳
粗糙而光明

那前一个夜晚
人类携带妻子
疯狂奔跑四散
这是春天
这是最后的春天
他们去了何方?

天空辽阔
低垂黄昏
人类破碎
我内心混沌一片
我面对着春天
我就是她的鲜血和黑暗

我内心浑浊而宁静
我在这里粗糙而光明
大地啊
你过去埋葬了我
今天又使我复活

和春天一起
沉默在我内部
天空之火在我内部
吹向旷野
旷野自己照亮

在最后的时刻　海底
在最后的黎明之前　他们去了何方？

1987.7 草稿
1988.2 二稿
1989.3 三稿

# 拂　晓

苍茫的拂晓，黎明
穿上你好久没穿的旧裙子，跟我走
夜的女儿，朝霞的姐妹，黎明
穿过这些山峰，坐落
在这些粗笨的远方和近处
穿过大地的头颅
和河畔这些无人问津的稀疏的荒草
跟我走吧，黎明

你是太阳之火顶端
青色的烟飘渺不定
你就是深夜里刚刚消失又骤然升起的歌声
你穿着一件昨夜弄脏的衣裙走向今天
你嘴里叼着光芒和刀子，披散下的头发遮住
　　眼睛、乳房和面容

提着包袱，渡过肮脏的日子，跟我走吧
这鲜血的包袱一路喧闹
一路喧闹，不得安宁
带上你褐色的地母的乳房跟我走吧
哪怕包袱里只有地瓜，乳房里只有水土
悄悄沿着这原始的大地走去
肮脏的大河在尽头猛然将我们推向海洋

苍茫的拂晓，原始的女人
原始的日子中原始的母亲
陌生的妻子披着鱼皮
在海上遨游着产子的女儿

敲打着船壳　海洋的埋葬
　　太平洋上没有一口钟和一棵梅树
　　没有一枝梅花在太平洋上开放
　　只有镇子中央
　　废弃不用的土和石头
　　堆成的荒凉山坡

跟我走吧，黎明

所有的你都是同一个你
　　我难以分辨
　　谁是你　谁是真正的你
　　谁又再一次是你
　　绝望的只是你
　　永不离开的你
　　不在天地间消失

所有的你都默默包扎着死去的你
年老丑陋的女王，这黑夜内部无穷无尽的母亲女王
我早就说过，断头流血的是太阳
所有的你都默默流向同一个方向
断头台是山脉全部的地方
跟我走吧，抛掷头颅，洒尽热血，黎明
新的一天正在来临

1989.2.24

# 黑夜的献诗

献给黑夜的女儿

黑夜从大地上升起
遮住了光明的天空
丰收后荒凉的大地
黑夜从你内部上升

你从远方来，我到远方去
遥远的路程经过这里
天空一无所有
为何给我安慰

丰收之后荒凉的大地
人们取走了一年的收成
取走了粮食骑走了马
留在地里的人，埋得很深

草杈闪闪发亮，稻草堆在火上
稻谷堆在黑暗的谷仓
谷仓中太黑暗，太寂静，太丰收
也太荒凉，我在丰收中看到了阎王的眼睛

黑雨滴一样的鸟群
从黄昏飞入黑夜
黑夜一无所有
为何给我安慰

走在路上
放声歌唱
大风刮过山冈
上面是无边的天空

1989.2.2

# 人物

## 阿尔的太阳[1]

——给我的瘦哥哥

一切我所向着的自然创作的，是栗子，从火中取出来的。啊，那些不信仰太阳的人是背弃了神的人。[2]

到南方去
到南方去
你的血液里没有情人和春天
没有月亮
面包甚至都不够
朋友更少
只有一群苦痛的孩子，吞噬着一切
瘦哥哥凡 · 高，凡 · 高啊

① 阿尔系法国南部一小镇，凡 · 高在此创作了七八十幅画，这是他的黄金时期。——海子自注。

② 摘自凡 · 高致其弟泰奥书信。

从地下强劲喷出的
火山一样不计后果的
是丝杉和麦田
还是你自己
喷出多余的活命的时间
其实，你的一只眼睛就可以照亮世界
但你还要使用第三只眼，阿尔的太阳
把星空烧成粗糙的河流
把土地烧得旋转
举起黄色的痉挛的手，向日葵
邀请一切火中取栗的人
不要再画基督的橄榄园
要画就画橄榄收获
画强暴的一团火
代替天上的老爷子
洗净生命
红头发的哥哥，喝完苦艾酒
你就开始点这把火吧
烧吧

1984.4

# 村　庄

村庄里住着
母亲和儿子
儿子静静地长大
母亲静静地注视

芦花丛中
村庄是一只白色的船
我妹妹叫芦花
我妹妹很美丽

1984

# 女孩子

她走来
断断续续地走来
洁净的脚印
沾满清凉的露水

她有些忧郁
望望用泥草筑起的房屋
望望父亲
她用双手分开黑发
一枝野樱花斜插着默默无语
另一枝送给了谁
却从没人问起

春天是风
秋天是月亮

在我感觉到时
她已去了另一个地方
那里雨后的篱笆像一条蓝色的
小溪

# 你的手

北方
拉着你的手
手
摘下手套
她们就是两盏小灯

我的肩膀
是两座旧房子
容纳了那么多
甚至容纳过夜晚
你的手
在他上面
把他们照亮

于是有了别后的早上

在晨光中
我端起一碗粥
想起隔山隔水的
北方
有两盏灯

只能远远地抚摸

1985.2

# 写给脖子上的菩萨

呼吸，呼吸
我们是装满热气的
两只小瓶
被菩萨放在一起

菩萨是一位很愿意
帮忙的
东方女人
一生只帮你一次

这也足够了
通过她
也通过我自己
双手碰到了你，你的

## 呼吸

两片抖动的小红帆
含在我的唇间
菩萨知道
菩萨住在竹林里
她什么都知道
知道今晚
知道一切恩情
知道海水是我
洗着你的眉
知道你就在我身上呼吸
呼吸

菩萨愿意
菩萨心里非常愿意
就让我出生
让我长成的身体上
挂着潮湿的你

1985.4

# 给母亲（组诗）

## 1. 风

风很美　果实也美
小小的风很美
自然界的乳房也美

水很美　水啊
无人和你
说话的时刻很美

你家中破旧的门
遮住的贫穷很美

风　吹遍草原

马的骨头　绿了

## 2. 泉水

泉水　泉水
生物的嘴唇
蓝色的母亲
用肉体
用野花的琴
盖住岩石
盖住骨头和酒杯

## 3. 云

母亲
老了，垂下白发
母亲你去休息吧
山坡上伏着安静的儿子
就像山腰安静的水
流着天空

我歌唱云朵

雨水的姐妹
美丽的求婚
我知道自己颂扬情侣的诗歌没有了用场

我歌唱云朵
我知道自己终究会幸福
和一切圣洁的人
相聚在天堂

## 4. 雪

妈妈又坐在家乡的矮凳子上想我
那一只凳子仿佛是我积雪的屋顶

妈妈的屋顶
明天早上
霞光万道
我要看到你
妈妈，妈妈
你面朝谷仓
脚踩黄昏
我知道你日见衰老

## 5. 语言和井

语言的本身
像母亲
总有话说，在河畔
在经验之河的两岸
在现象之河的两岸
花朵像柔美的妻子
倾听的耳朵和诗歌
长满一地
倾听受难的水

水落在远方

1984；1985改；1986再改

# 幸　福（或我的女儿叫波兰）[1]

当我俩同在草原晒黑
是否饮下这最初的幸福　最初的吻

当云朵清楚极了
听得见你我嘴唇
这两朵神秘火焰

这是我母亲给我的嘴唇
这是你母亲给你的嘴唇
我们合着眼睛共同啜饮
像万里洁白的羊群共同啜饮

当我睁开双眼

① 海子喜欢“波兰”一词，“女儿叫波兰”并无特别所指。

你头发散乱
乳房像黎明的两只月亮

在有太阳的弯曲的木头上
晾干你美如黑夜的头发

1986（?）

# 从六月到十月

六月积水的妇人，囤积月光的妇人
七月的妇人，贩卖棉花的妇人
八月的树下
洗耳朵的妇人
我听见对面窗户里
九月订婚的妇人
订婚的戒指
像口袋里潮湿的小鸡
十月的妇人则在婚礼上
吹熄盘中的火光，一扇扇漆黑的木门
飘落在草原上

1986.6.19

# 给萨福

美丽如同花园的女诗人们
相互热爱，坐在谷仓中
用一只嘴唇摘取另一只嘴唇

我听见青年中时时传言道：萨福

一只失群的
钥匙下的绿鹅
一样的名字。盖住
我的杯子

托斯卡尔的美丽的女儿
草药和黎明的女儿
执杯者的女儿

你野花
的名字
就像蓝色冰块上
淡蓝色的清水溢出

萨福萨福
红色的云缠在头上
嘴唇染红了每一片飞过的鸟儿
你散着身体香味的
鞋带被风吹断
在泥土里

谷色中的嘤嘤之声
萨福萨福
亲我一下

你装饰额角的诗歌何其甘美
你凋零的棺木像一盘美丽的
棋局

# 梭罗这人有脑子（组诗）

## 1

梭罗这人有脑子
像鱼有水、鸟有翅
云彩有天空

## 2

好在这人不是女性
否则会有一对
洁白的冬熊
摇摇晃晃上路
靠近他乳房
凑上嘴唇

## 3

梭罗这人有脑子
梭罗手头没有别的
抓住了一根棒木
那木棍揍了我
狠狠揍了我
像春天揍了我

## 4

梭罗这人有脑子
看见湖泊就高兴

## 5

梭罗这人有脑子
用鸟巢做邮筒
两封信同时飞到
还生下许多小信
羽毛翩跹

6

梭罗这人有脑子
不言不语让东窗天亮西窗天黑
其实他哪有窗子

梭罗这人有脑子
不言不语又做男人又做女人
其实生下的儿子还是他自己

7

灯火的屋中
梭罗的盔
—— 一卷荷马

这人有脑子
以雪代马
渡我过水

## 8

梭罗这人有脑子
月亮照着他的鼻子

## 9

那个抒情的鼻子
靠近他的脑子
靠近他深如树林的眼睛
靠近他饮水的唇
　　（愿饮得更深）

构成脑袋
或者叫头

## 10

白天和黑夜
像一白一黑
两只寂静的猫

睡在你肩头

你倒在林间路途上

让床在木屋中生病
梭罗这人有脑子
让野花结成果子

## 11

梭罗这人有脑子
像鱼有水、鸟有翅
云彩有天空

梭罗这人就是
我的云彩，四方邻国
的云彩，安静
在豆田之西
我的草帽上

## 12

太阳，我种的
豆子，凑上嘴唇
我放水过河

梭罗这人有脑子

梭罗的盔
—— 一卷荷马

1986.8.15

# 给托尔斯泰

我想起你如一位俄国农妇暴跳如雷
补一只旧鞋的
手
时时停顿
这手掌混同于
兵士的臭脚、马肉和盐
你的灰色头颅一闪而过
教堂的裸麦中央
北方流注的河流马的脾气暴跳如雷
胸膛上面排排旧俄的栅栏暴跳如雷
低矮的天空、灯火和农妇暴跳如雷

吹灭云朵
吹灭火焰
吹灭灯盏

吹灭一切妓女
和善良女人的
嘴唇

你可以耕地，补补旧鞋
你可以爱他人，读读福音书
我记得陈旧的河谷端坐老人
端坐暴跳如雷的老人

1985.12草稿
1986.12修改

# 给卡夫卡

## 囚徒核桃的双脚

在冬天放火的囚徒
无疑非常需要温暖
这是亲如母亲的火光
当他被身后的几十根玉米砸倒
在地，这无疑又是
富农的田地

当他想到天空
无疑还是被太阳烧得一干二净
这太阳低下头来，这脚镣明亮
无疑还是自己的双脚，如同核桃
埋在故乡的钢铁里
工程师的钢铁里

1986.6.16

# 北斗七星　七座村庄

——献给萍水相逢的额济纳姑娘

村庄　水上运来的房梁　漂泊不定
还有十天　我就要结束漂泊的生涯
回到五谷丰盛的村庄　废弃果园的村庄
村庄　是沙漠深处你所居住的地方　额济纳！

秋天的风早早地吹　秋天的风高高地吹
静静面对额济纳
白杨树下我吹灭你的两只眼睛
额济纳　大沙漠上静静地睡

额济纳姑娘　我黑而秀美的姑娘
你的嘴唇在诉说　在歌唱
五谷的风儿吹过骆驼和牛羊
翻过沙漠　你是镇子上最令人难忘的姑娘

1986

# 云　朵

西藏村庄
神秘的村庄
忧伤的村庄
你躺倒在路上
你不姓李也不姓王
你嫁给的男人
脾气怎么样
神秘的村庄
忧伤的村庄
你生了几个儿子
有哪些闺女已嫁到远方
神秘的村庄
忧伤的村庄

当经幡吹响

你多像无人居住的村庄
当经幡五颜六色如我受伤的头发迎风飘扬
你多像无人居住的村庄

当藏族老乡亲在屋顶下酣睡
你多像无人居住的村庄
像周围的土墙画满慈祥的佛像
你多像无人居住的村庄

1986.12.15

# 给安庆

五岁的黎明
五岁的马
你面朝江水
坐下

四处漂泊
向不谙世事的少女
向安庆城中心神不定的姨妹
打听你，谈论你

可能是妹妹
也可能是姐姐
可能是姻缘
也可能是友情

1987

# 诗人叶赛宁（组诗）

## 1. 诞生

星日朗朗
野花的村庄
湖水荡漾
野花！
生下诗人

湖水在怀孕
在怀孕
一对蓓蕾
野花的小手在怀孕
生下诗人叶赛宁

野花的村庄漆黑
如同无人居住
野花，我的村庄公主
安坐痛苦的北方
生下诗人

谁家的窗户
灯火明亮
是野花，一只安详燃烧的灯
坐在泥土的灯台上
生下诗人叶赛宁

## 2. 乡村的云

乡村的云
故乡
你们俩是
水上的一对孩子

云朵的门啊，请为幸福的人们打开
请为幸福
和山坡上无处躲藏的忧伤的眼睛

打开！

## 3. 少女

少女
头枕斧头和水
安然睡去
一个春天
一朵花
一片海滩　一片田园

少女
一根伐自上帝
美丽的枝条

少女
月亮的马
两颗水滴
对称的乳房

## 4. 诗人叶赛宁

我是中国诗人
稻谷的儿子
茶花的女儿
也是欧罗巴诗人
儿子叫意大利
女儿叫波兰
我饱经忧患
一贫如洗
昨日行走流浪
来到波斯酒馆
别人叫我
诗人叶赛宁
浪子叶赛宁
叶赛宁
俄罗斯的嘴唇
梁赞的屋顶
黄昏的面容
农民的心
一颗农民的心

坐在酒馆
像坐在一滴酒中
坐在一滴水中
坐在一滴血中
仙鹤飞走了
桌子抬走了
尸体抬走了
屋里安坐忧郁的诗人
仍然安坐诗人叶赛宁
叶赛宁
不曾料到又一次
春回大地
大地是我死后爱上的女人
大地啊
美丽的是你
丑陋的是我
诗人叶赛宁
在大地中
死而复生

## 5. 玉米地

微风吹过这座小小的山冈
玉米地里棵棵玉米又瘦又小

我浇水　看着这些小小的可爱又瘦小的叶子
青青杨树叶子喧响在那一头
太阳远远地燃烧
落入一座空空的山谷

树叶是采自诸神的枪支和婚床
圆形盾牌镌刻着无知的文字

## 6. 醉卧故乡

故乡的夜晚醉倒在地
在蓝色的月光下
飞翔的是我
感觉到心脏，一颗光芒四射的星辰
醉倒在地，头举着王冠
头举着五月的麦地

举着故乡晕眩的屋顶
或者星空，醉倒在大地上！
大地，你先我而醉
你阴郁的面容先我而醉
我要扶住你
大地！

我醉了
我是醉了
我称山为兄弟、水为姐妹、树林是情人
我有夜难眠，有花难戴
满腹话儿无处诉说
只有碰破头颅
霞光落在四邻屋顶
我的双脚踏在故乡的路上变成亲人的双脚
一路蹒跚在黄昏　升上南国星座
双手飞舞，口中喃喃不绝
我在飞翔
急促而深情
飞翔的是我的心脏
我感觉要坐稳在自己身上
故乡，一个姓名

一句
美丽的诗行
故乡的夜晚醉倒在地

## 7. 浪子旅程

我是浪子
我戴着水浪的帽子
我戴着漂泊的屋顶
灯火吹灭我
家乡赶走我
来到酒馆和城市

我本是农家子弟
我本应该成为
迷雾退去的河岸上
年轻的乡村教师
从都会师院毕业后
在一个黎明
和一位纯朴的农家少女
一起陷入情网
但为什么

我来到了酒馆
和城市

虽然我曾与母牛狗仔同歇在
露西亚天国
虽然我在故乡山冈
曾与一个哑巴
互换歌唱
虽然我二十年不吱一声
爱着你，母亲和外祖父
我仍下到酒馆——俄罗斯船舱底层
啜泣酒杯的边缘
为不幸而凶狠的人们
朗诵放荡疯狂的诗

我要还家
我要转回故乡，头上插满鲜花
我要在故乡的天空下
沉默寡言或大声谈吐
我要头上插满故乡的鲜花

## 8. 绝命

此刻在美丽的小镇上
苦荞麦儿香
说声分手吧
和另一位叶赛宁　双手紧紧握住

点着烛火，烧掉旧诗
说声分手吧
分开编过少女秀发的十指
秀发像五月的麦苗　曾轻轻含在嘴里

和另一位叶赛宁分手
用剥过蛇皮蒙上鼓面的人类之手
自杀身亡，为了美丽歌谣的神奇鼓面
蛇皮鼓啊如今你在村中已是泪水灯笼

说声分手吧　松开埋葬自己的十指
把自己在诗篇中埋葬
此刻在美丽的小镇上
不会有苦荞麦儿香

## 9. 天才

轻雷滚过的风中
白杨树梢摇动
在这个黄昏
我想到天才的命运

在此刻我想起你凡·高和韩波
那些命中注定的天才
一言不发
心情宁静

那些人
站在月亮中把头颅轻轻摇晃
手持火把，腰围面粉袋
心情宁静

暮色苍茫
永不复返的人哪
在孤寂的空无一人的打谷场上
被三位姐妹苦苦留下

痛苦的天才们
饥渴难捱
可是河中滴水全无
面粉袋中没有一点面粉

轻雷滚过的风中
死者的鞋子，仍在行走
如车轮，如命运
沾满谷物与盲目的泥土

1986.2—1987.5

# 长发飞舞的姑娘（五月之歌）

玫瑰谢了，玫瑰谢了
如早嫁的姐妹漂落，漂落四方
我红色的姐姐，我白色的妹妹
大地和水挽留了她们　熄灭了她们
她们黯然熄灭，永远沉默却是为何？
姐妹们，你们能否告诉我
你们永久的沉默是为了什么

长发飞舞的黑眼睛姑娘
不像我的姐姐　也不像妹妹
不似早嫁的姐妹迟迟不归

如今我坐在街镇的一角
为你歌唱，远离了五谷丰盛的村庄

1987.5

# 四姐妹

荒凉的山冈上站着四姐妹
所有的风只向她们吹
所有的日子都为她们破碎

空气中的一棵麦子
高举到我的头顶
我身在这荒芜的山冈
怀念我空空的房间，落满灰尘

我爱过的这糊涂的四姐妹啊
光芒四射的四姐妹
夜里我头枕卷册和神州
想起蓝色远方的四姐妹
我爱过的这糊涂的四姐妹啊
像爱着我亲手写下的四首诗

我的美丽的结伴而行的四姐妹
比命运女神还要多出一个
赶着美丽苍白的奶牛　走向月亮形的山峰

到了二月，你是从哪里来的
天上滚过春天的雷，你是从哪里来的
不和陌生人一起来
不和运货马车一起来
不和鸟群一起来

四姐妹抱着这一棵
一棵空气中的麦子
抱着昨天的大雪，今天的雨水
明日的粮食与灰烬
这是绝望的麦子
请告诉四姐妹：这是绝望的麦子
永远是这样
风后面是风
天空上面是天空
道路前面还是道路

1989.2.23

# 自述

# 我，以及其他的证人

故乡的星和羊群
像一支支白色美丽的流水
跑过
小鹿跑过
夜晚的目光紧紧追着

在空旷的野地上，发现第一枝植物
脚插进土地
再也拔不出
那些寂寞的花朵
是春天遗失的嘴唇

为自己的日子
在自己的脸上留下伤口
因为没有别的一切为我们作证

我和过去
隔着黑色的土地
我和未来
隔着无声的空气

我打算卖掉一切
有人出价就行
除了火种、取火的工具
除了眼睛
被你们打得出血的眼睛

一只眼睛留给纷纷的花朵
一只眼睛永不走出铁铸的城门
　　黑井

1984.6

# 妻子和鱼

我怀抱妻子
就像水儿抱鱼
我一边伸出手去
试着摸到小雨水，并且嘴唇开花

而鱼是哑女人
睡在河水下面
常常在做梦中
独自一人死去

我看不见的水
痛苦新鲜的水
淹过手掌和鱼
流入我的嘴唇

水将合拢
爱我的妻子
小雨后失踪
水将合拢

没有人明白她水上
是妻子水下是鱼
或者水上是鱼
水下是妻子

离开妻子我
自己是一只
装满淡水的口袋
在陆地上行走

## 思念前生

庄子在水中洗手
洗完了手，手掌上一片寂静
庄子在水中洗身
身子是一匹布
那布上沾满了
水面上漂来漂去的声音

庄子想混入
凝望月亮的野兽
骨头一寸一寸
在肚脐上下
像树枝一样长着

也许庄子是我
摸一摸树皮

开始对自己的身子
亲切
亲切又苦恼
月亮触到我

仿佛我是光着身子
光着身子
进出

母亲如门，对我轻轻开着

## 得不到你

得不到你
我用河水做成的妻子
得不到你
我的有弱点的妇女

得不到你
妻子滑动河水
情意泥沙俱下

其余的家庭成员俯伏在锅勺上
得不到你
有弱点的爱情

我们确实被太阳烤焦，秋天内外
我不能再保护自己

我不能再
让爱情随便受伤

得不到你
但我同时又在秋天成亲
歌声四起

1985.11.11

# 明天醒来我会在哪一只鞋子里

我想我已经够小心翼翼的
我的脚趾正好十个
我的手指正好十个
我生下来时哭几声
我死去时别人又哭
我不声不响地
带来自己这个包袱
尽管我不喜爱自己
但我还是悄悄打开

我在黄昏时坐在地球上
我这样说并不表明晚上
我就不在地球上　早上同样
地球在你屁股下
结结实实

老不死的地球你好

或者我干脆就是树枝
我以前睡在黑暗的壳里
我的脑袋就是我的边疆
就是一颗梨
在我成形之前
我是知冷知热的白花

或者我的脑袋是一只猫
安放在肩膀上
造我的女主人荷月远去
成群的阳光照着大猫小猫
我的呼吸
一直在证明
树叶飘飘

我不能放弃幸福
或相反
我以痛苦为生
埋葬半截
来到村口或山上

我盯住人们死看：
呀，生硬的黄土，人丁兴旺

1985.6.6

# 村　庄

村庄，在五谷丰盛的村庄，我安顿下来
我顺手摸到的东西越少越好！
珍惜黄昏的村庄，珍惜雨水的村庄
万里无云如同我永恒的悲伤

1986

# 无　题

给我粮食
给我婚礼
给我星辰和马匹
给我歌曲
给我安息！

我的生日
这是位美丽的
折磨人的女俘虏
坐在故乡的打麦场上

在月光下
使村子里的二流子
如痴如醉！

# 半截的诗

你是我的
半截的诗
半截用心爱着
半截用肉体埋着
你是我的
半截的诗
不许别人更改一个字

# 不　幸

四月的日子　最好的日子
和十月的日子　最好的日子
比四月更好的日子
像两匹马　拉着一辆车
把我拉向医院的病床
和不幸的病痛

有一座绿色悬崖倒在牧羊人怀中
两匹马
在山上飞

两匹马
白马和红马
积雪和枫叶
犹如姐妹

# 犹如两种病痛的鲜花

# 海子小夜曲

以前的夜里我们静静地坐着
我们双膝如木
我们支起了耳朵
我们听得见平原上的水和诗歌
这是我们自己的平原，夜晚和诗歌

如今只剩下我一个
只有我一个双膝如木
只有我一个支起了耳朵
只有我一个听得见平原上的水
　　诗歌中的水
在这个下雨的夜晚
如今只剩下我一个
为你写着诗歌
这是我们共同的平原和水

这是我们共同的夜晚和诗歌

是谁这么说过　海水
要走了　要到处看看
我们曾在这儿坐过

1986.8

# 给　你（组诗）

## 1

在赤裸的高高的草原上
我相信这一切：
我的脚，一颗牝马的心
两道犁沟，大麦和露水
在那高高的草原上，白云浮动
我相信天才，耐心和长寿
我相信有人正慢慢地艰难地爱上我
别的人不会，除非是你
我俩一见钟情
在那高高的草原上
赤裸的草原上
我相信这一切

我相信我俩一见钟情

## 2

我爱你
跑了很远的路
马睡在草上
月亮照着他的鼻子

## 3

爱你的时刻
住在旧粮仓里
写诗在黄昏

我曾和你在一起
在黄昏中坐过
在黄色麦片的黄昏
在春天的黄昏
我该对你说些什么

黄昏是我的家乡

你是家乡静静生长的姑娘
你是在静静的情义中生长
没有一点声响
你一直走到我心上

## 4

当她在北方草原摘花的时候
我的双手驶过南方水草
用十指拨开
寂寞的家门

她家木门下几个姐妹的脸
亲人的脸
像南方的雨
真正的雨水
落在我头上

## 5

冬天的人

像神祇一样走来
因为我在冬天爱上了你

1986.8

## 七月不远
### ——给青海湖，请熄灭我的爱情

七月不远
性别的诞生不远
爱情不远——马鼻子下
湖泊含盐

因此青海不远
湖畔一捆捆蜂箱
使我显得凄凄迷人：
青草开满鲜花

青海湖上
我的孤独如天堂的马匹
（因此，天堂的马匹不远）

我就是那个情种：诗中吟唱的野花
天堂的马肚子里唯一含毒的野花
（青海湖，请熄灭我的爱情！）

野花青梗不远，医箱内古老姓氏不远
（其他的浪子，治好了疾病
已回原籍，我这就想去见你们）

因此跋山涉水死亡不远
骨骼挂遍我身体
如同蓝色水上的树枝

啊，青海湖，暮色苍茫的水面
一切如在眼前！

只有五月生命的鸟群早已飞去
只有饮我宝石的头一只鸟早已飞去
只剩下青海湖，这宝石的尸体
　　　　　　　暮色苍茫的水面

1986

# 黎明：一首小诗

黎明
我挣脱
一只陶罐
或大地的边缘

我的双手　向着河流飞翔
我挣脱一只刻划麦穗的陶罐　太阳
我看见自己的面容　火焰
在黎明的风中飘忽不定

我看见自己的面容
火焰　像一片升上天空的大海
像静静的天马
向着河流飞翔

1985 草稿
1987 改

# 日　出

——见于一个无比幸福的早晨的日出

在黑暗的尽头
太阳，扶着我站起来
我的身体像一个亲爱的祖国，血液流遍
我是一个完全幸福的人
我再也不会否认
我是一个完全的人我是一个无比幸福的人
我全身的黑暗因太阳升起而解除
我再也不会否认　天堂和国家的壮丽景色
和她的存在……在黑暗的尽头！

1987.8.30　醉后早晨

# 五月的麦地

全世界的兄弟们
要在麦地里拥抱
东方，南方，北方和西方
麦地里的四兄弟，好兄弟
回顾往昔
背诵各自的诗歌
要在麦地里拥抱

有时我孤独一人坐下
在五月的麦地　梦想众兄弟
看到家乡的卵石滚满了河滩
黄昏常存弧形的天空
让大地上布满哀伤的村庄
有时我孤独一人坐在麦地为众兄弟背诵中国诗歌
没有了眼睛也没有了嘴唇

1987.5

# 十四行：王冠

我所热爱的少女
河流的少女
头发变成了树叶
两臂变成了树干

你既然不能做我的妻子
你一定要成为我的王冠
我将和人间的伟大诗人一同佩戴
用你美丽叶子缠绕我的竖琴和箭袋

秋天的屋顶　时间的重量
秋天又苦又香
使石头开花　像一顶王冠

秋天的屋顶又苦又香

空中弥漫着一顶王冠
被劈开的月桂和扁桃的苦香

1987.8.19 夜

## 祖　国（或以梦为马）

我要做远方的忠诚的儿子
和物质的短暂情人
和所有以梦为马的诗人一样
我不得不和烈士和小丑走在同一道路上

万人都要将火熄灭　我一人独将此火高高举起
此火为大　开花落英于神圣的祖国
和所有以梦为马的诗人一样
我藉此火得度一生的茫茫黑夜

此火为大　祖国的语言和乱石投筑的梁山城寨
以梦为上的敦煌——那七月也会寒冷的骨骼
如雪白的柴和坚硬的条条白雪　横放在众神之山
和所有以梦为马的诗人一样
我投入此火　这三者是囚禁我的灯盏　吐出光辉

万人都要从我刀口走过　去建筑祖国的语言
我甘愿一切从头开始
和所有以梦为马的诗人一样
我也愿将牢底坐穿

众神创造物中只有我最易朽　带着不可抗拒的死亡的速度
只有粮食是我珍爱　我将她紧紧抱住　抱住她　在故乡生儿育女
和所有以梦为马的诗人一样
我也愿将自己埋葬在四周高高的山上　守望平静家园

面对大河我无限惭愧
我年华虚度　空有一身疲倦
和所有以梦为马的诗人一样
岁月易逝　一滴不剩　水滴中有一匹马儿一命归天

千年后如若我再生于祖国的河岸
千年后我再次拥有中国的稻田　和周天子的雪山天马踢踏
和所有以梦为马的诗人一样
我选择永恒的事业

我的事业　就是要成为太阳的一生
他从古至今——“日”——他无比辉煌无比光明
和所有以梦为马的诗人一样
最后我被黄昏的众神抬入不朽的太阳

太阳是我的名字
太阳是我的一生
太阳的山顶埋葬　诗歌的尸体——千年王国和我
骑着五千年凤凰和名字叫“马”的龙——我必将失败
但诗歌本身以太阳必将胜利

1987

# 夜　色

在夜色中
我有三次受难：流浪、爱情、生存
我有三种幸福：诗歌、王位、太阳

1988.2.28 夜

# 远　方

远方除了遥远一无所有

遥远的青稞地
除了青稞　一无所有

更远的地方　更加孤独
远方啊　除了遥远　一无所有

这时　石头
飞到我身边

石头　长出　血
石头　长出　七姐妹

站在一片荒芜的草原上

那时我在远方
那时我自由而贫穷

这些不能触摸的　姐妹
这些不能触摸的　血
这些不能触摸的　远方的幸福
远方的幸福　是多少痛苦

1988.8.19萨迦夜，21拉萨

# 日　记

姐姐，今夜我在德令哈，夜色笼罩
姐姐，我今夜只有戈壁

草原尽头我两手空空
悲痛时握不住一颗泪滴
姐姐，今夜我在德令哈
这是雨水中一座荒凉的城

除了那些路过的和居住的
德令哈……今夜
这是唯一的，最后的，抒情。
这是唯一的，最后的，草原。

我把石头还给石头
让胜利的胜利

今夜青稞只属于她自己

一切都在生长

今夜我只有美丽的戈壁　空空

姐姐，今夜我不关心人类，我只想你

1988.7.25 火车经德令哈

# 春天，十个海子

春天，十个海子全部复活
在光明的景色中
嘲笑这一个野蛮而悲伤的海子
你这么长久地沉睡究竟为了什么？

春天，十个海子低低地怒吼
围着你和我跳舞，唱歌
扯乱你的黑头发，骑上你飞奔而去，尘土飞扬
你被劈开的疼痛在大地弥漫

在春天，野蛮而悲伤的海子
就剩下这一个，最后一个
这是一个黑夜的孩子，沉浸于冬天，倾心死亡
不能自拔，热爱着空虚而寒冷的乡村

那里的谷物高高堆起，遮住了窗户
他们把一半用于一家六口人的嘴，吃和胃
一半用于农业，他们自己的繁殖
大风从东刮到西，从北刮到南，无视黑夜和黎明
你所说的曙光究竟是什么意思

1989.3.14凌晨3点—4点

# 咏物

# 单翅鸟

单翅鸟为什么要飞呢
为什么
头朝着天地
躺着许多束朴素的光线

菩提，菩提想起
石头
那么多被天空磨平的面孔
都很陌生
堆积着世界的一半
摸摸周围
你就会拣起一块
砸碎另一块

单翅鸟为什么要飞呢

我为什么
喝下自己的影子
揪着头发作为翅膀
离开

也不知天黑了没有
穿过自己的手掌比穿过别人的墙壁还难
单翅鸟
为什么要飞呢

肥胖的花朵
喷出水
我眯着眼睛离开
居住了很久的心和世界

你们都不醒来
我为什么
为什么要飞呢

1984.9

# 夏天的太阳

夏天
如果这条街没有鞋匠

我就打赤脚
站到太阳下看太阳

我想到在白天出生的孩子
一定是出于故意

你来人间一趟
你要看看太阳

和你的心上人
一起走在街上

了解她
也要了解太阳

（一组健康的工人
正午抽着纸烟）

夏天的太阳
太阳

当年基督入世
也在这阳光下长大

1985.1

# 房　屋

你在早上
碰落的第一滴露水
肯定和你的爱人有关
你在中午饮马
在一枝青丫下稍立片刻
也和她有关
你在暮色中
坐在屋子里，不动
还是与她有关

你不要不承认

巨日消隐，泥沙相合，狂风奔起
那雨天雨地哭得有情有意
而爱情房屋温情地坐着

遮蔽母亲也遮蔽儿子

遮蔽你也遮蔽我

1985

# 感　动

早晨是一只花鹿
踩到我额上
世界多么好
山洞里的野花
顺着我的身子
一直烧到天亮
一直烧到洞外
世界多么好

而夜晚，那只花鹿
的主人，早已走入
土地深处，背靠树根
在转移一些
你根本无法看见的幸福
野花从地下

一直烧到地面

野花烧到你脸上
把你烧伤
世界多么好
早晨是山洞中
一只踩人的花鹿

1986

# 大自然

让我来告诉你
她是一位美丽结实的女子
蓝色小鱼是她的水罐
也是她脱下的服装
她会用肉体爱你
在民歌中久久地爱你

你上上下下瞧着
你有时摸到了她的身子
你坐在圆木头上亲她
每一片木叶都是她的嘴唇
但你看不见她
你仍然看不见她

她仍在远处爱着你

# 雨　鞋

我的双脚在你之中
就像火走在柴中

雨鞋和羊和书一起塞进我的柜子
我自己被塞进相柜，挂在故乡
那粘土和石头的房子，房子里用木生火
潮湿的木条上冒着烟
我把撕碎的诗稿和被雨打湿
改变了字迹的潮湿的书信
卷起来，这些灰色的信
我没有再读一遍
普希金将她们和拖鞋一起投进壁炉
我则把这些温暖的灰烬
把这些信塞进一双小雨鞋

让她们沉睡千年

梦见洪水和大雨

1987.1.12达县

# 昌平柿子树

柿子树
镇子边的柿子树

枝叶稀疏的秋之树
我只能站在路口望着她

在镇子边的小村庄
有两棵秋天的柿子树

柿子树下
不是我的家

秋之树
枝叶稀疏的秋之树

1987.11.2

# 野鸽子

当我面朝火光
野鸽子　在我家门前的细树上
吐出黑色的阴影的火焰

野鸽子
——这黑色的诗歌标题　我的懊悔
和一位隐身女诗人的姓名

这究竟是山喜鹊之巢还是野鸽子之巢
在夜色和奥秘中
野鸽子　打开你的翅膀
飞往何方？　在永久之中

你将飞往何方?!

野鸽子是我的姓名
黑夜颜色的奥秘之鸟
我们相逢于一场大火

1988.2

# 麦地与诗人

## 询问

在青麦地上跑着
雪和太阳的光芒

诗人，你无力偿还
麦地和光芒的情义

一种愿望
一种善良
你无力偿还

你无力偿还
一颗放射光芒的星辰
在你头顶寂寞燃烧

# 答复

麦地
别人看见你
觉得你温暖，美丽
我则站在你痛苦质问的中心
　　　被你灼伤
我站在太阳　痛苦的芒上

麦地
神秘的质问者啊

当我痛苦地站在你的面前
你不能说我一无所有
你不能说我两手空空

麦地啊，人类的痛苦
是他放射的诗歌和光芒

1987

# 幸福的一日

——致秋天的花楸树

我无限地热爱着新的一日
今天的太阳　今天的马　今天的花楸树
使我健康　富足　拥有一生

从黎明到黄昏
阳光充足
胜过一切过去的诗
幸福找到我
幸福说："瞧　这个诗人
他比我本人还要幸福"

在劈开了我的秋天
在劈开了我的骨头的秋天
我爱你，花楸树

1987

# 雪

千辛万苦回到故乡
我的骨骼雪白　也长不出青稞

雪山，我的草原因你的乳房而明亮
冰冷而灿烂

我的病已好
雪的日子　我只想到雪中去死
我的头顶放出光芒

有时我背靠草原
马头作琴　马尾为弦
戴上喜马拉雅　这烈火的王冠

有时我退回盆地，背靠成都

人们无所事事，我也无所事事，
只有爱情　剑　马的四蹄

割下嘴唇放在火上
大雪飘飘
不见昔日肮脏的山头
都被雪白的乳房拥抱

深夜中　火王子　独自吃着石头　独自饮酒

1988.8

# 山楂树

今夜我不会遇见你
今夜我遇见了世上的一切
但不会遇见你

一棵夏季最后
火红的山楂树
像一辆高大女神的自行车
像一个女孩　畏惧群山
呆呆站在门口
她不会向我
跑来！

我走过黄昏
像风吹向远处的平原
我将在暮色中抱住一棵孤独的树干

山楂树！　一闪而过　啊！　山楂

我要在你火红的乳房下坐到天亮。
又小又美丽的山楂的乳房
在高大女神的自行车上
在农奴的手上
在夜晚就要熄灭

1988.6.8—10

# 酒　杯

你的泪水为我洗去尘土和孤独
你的泪水为我在飞机场周围的稻谷间珍藏
酒杯，你这石头的少女，你这石头的牢房，石头的伞

酒，石头的牢房囚禁又释放的满天奔腾的闪电
昨天一夜明亮的闪电使我的杯子又满又空
看哪！河水带来的泥沙堆起孤独的房屋

看哪！你的房子小得像一只酒杯
你的房子小得像一把石头的伞

多云的天空下　潮湿的风吹干的道路
你找不到我，你就是找不到我，你怎么也找不到我
在昔日山坡的羊群中

酒杯，你是一间又破又黑的旧教室
淹没在一片海水

1989（?）1.14

# 献给太平洋

我的婚礼染红太平洋
我的新娘是太平洋
连亚洲也是我悲伤而平静的新娘
你自己的血染红你内部孤独的天空

上帝悲伤的新娘，你自己的血染红
天空，你内部孤独的海洋
你美丽的头发
像太平洋的黄昏

1989.2

## 太平洋的献诗

太平洋　丰收之后的荒凉的海
太平洋　在劳动后的休息
劳动以前　劳动之中　劳动以后
太平洋是所有的劳动和休息

茫茫太平洋　又混沌又晴朗
海水茫茫　和劳动打成一片
和世界打成一片
世界头枕太平洋
人类头枕太平洋　雨暴风狂
上帝在太平洋上度过的时光　是茫茫海水隐含不露的希望

太平洋没有父母　在太阳下茫茫流淌　闪着光芒
太平洋像是上帝老人看穿一切、眼角含泪的眼睛

眼泪的女儿，我的爱人

今天的太平洋不是往日的海洋

今天的太平洋只为我流淌　为着我闪闪发亮

我的太阳高悬上空　照耀这广阔太平洋

1989.2.2

# 即事

# 海上婚礼

海湾
蓝色的手掌
睡满了沉船和岛屿
一对对桅杆
在风上相爱
或者分开

风吹起你的
头发
一张棕色的小网
撒满我的面颊
我一生也不想挣脱

或者如传说那样
我们就是最早的

两个人

住在遥远的阿拉伯山崖后面

苹果园里

蛇和阳光同时落入美丽的小河

你来了

一只绿色的月亮

掉进我年轻的船舱

# 我请求：雨

我请求熄灭
生铁的光、爱人的光和阳光
我请求下雨
我请求
在夜里死去

我请求在早上
你碰见
埋我的人

岁月的尘埃无边
秋天
我请求：
下一场雨
洗清我的骨头

我的眼睛合上
我请求：
雨
雨是一生过错
雨是悲欢离合

1985.3

# 打　钟

打钟的声音里皇帝在恋爱
一枝火焰里
皇帝在恋爱

恋爱，印满了红铜兵器的
神秘山谷
又有大鸟扑钟
三丈三尺翅膀
三丈三尺火焰

打钟的声音里皇帝在恋爱
打钟的黄脸汉子
吐了一口鲜血
打钟，打钟
一只神秘生物

头举黄金王冠
走于大野中央

“我是你爱人
我是你敌人的女儿
我是义军的女首领
对着铜镜
反复梦见火焰”

钟声就是这枝火焰
在众人的包围中
苦心的皇帝在恋爱

1985.5

# 我坐在一棵木头中

我坐在一棵木头中，如同多年没有走路的瞎子
忘却了走路的声音
我的耳朵是被春天晒红的花朵和虫豸

# 抱着白虎走过海洋

倾向于宏伟的母亲
抱着白虎走过海洋

陆地上有堂屋五间
一只病床卧于故乡

倾向于故乡的母亲
抱着白虎走过海洋

扶病而出的儿子们
开门望见了血太阳

倾向于太阳的母亲
抱着白虎走过海洋

左边的侍女是生命
右边的侍女是死亡

倾向于死亡的母亲
抱着白虎走过海洋

1986

# 让我把脚丫搁在黄昏中一位木匠的工具箱上

我坐在中午，苍白如同水中的鸟
苍白如同一位户内的木匠
在我钉成一支十字木头的时刻
在我自己故乡的门前
对面屋顶的鸟
有一只苍老而死

是谁说，寂静的水中，我遇见了这只苍老的鸟

就让我歇脚在马厩之中
如果不是因时辰不好
我记得自己来自一个更美好的地方
让我把脚丫搁在黄昏中一位木匠的工具箱上
或者让我的脚丫在木匠家中长成一段白木
正当鸽子或者水中的鸟穿行于未婚妻的腹部

我被木匠锯子锯开，做成木匠儿子
的摇篮。十字架

1986.6.15

# 死亡之诗（之一）

漆黑的夜里有一种笑声笑断我坟墓的木板
你可知道，这是一片埋葬老虎的土地

正当水面上渡过一只火红的老虎
你的笑声使河流漂浮
的老虎
断了两根骨头
正在这条河流开始在存有笑声的黑夜里结冰
断腿的老虎顺河而下，来到我的
窗前

一块埋葬老虎的木板
被一种笑声笑断两截

# 死亡之诗（之二：采摘葵花）

——给凡·高的小叙事：自杀过程

雨夜偷牛的人
爬进了我的窗户
在我做梦的身子上
采摘葵花

我仍在沉睡
在我睡梦的身子上
开放了彩色的葵花
那双采摘的手
仍像葵花田中
美丽笨拙的鸽子

雨夜偷牛的人
把我从人类

身体中偷走
我仍在沉睡
我被带到身体之外
葵花之外，我是世界上
第一头母牛（死的皇后）
我觉得自己很美
我仍在沉睡

雨夜偷牛的人
于是非常高兴
自己变成了另外的彩色母牛
在我的身体中
兴高采烈地奔跑

# 给安徒生（组诗）

## 1

让我们砍下树枝做好木床

一对天鹅的眼睛照亮
一块可供下蛋的岩石

让我们砍下树枝做好木床
我的木床上有一对幸福天鹅
一只匆匆下蛋，一只匆匆死亡

## 2

天鹅的眼睛落在杯子里
就像日月落在大地上

1986

# 莫扎特在《安魂曲》中说

我所能看见的妇女
水中的妇女
请在麦地之中
清理好我的骨头
如一束芦花的骨头
把它装在琴箱里带回

我所能看见的
洁净的妇女，河流
上的妇女
请把手伸到麦地之中

当我没有希望
坐在一束麦子上回家
请整理好我那零乱的骨头

放入那暗红色的小木柜，带回它
像带回你们富裕的嫁妆

# 泪　水

最后的山顶树叶渐红
群山似穷孩子的灰马和白马
在十月的最后一夜
倒在血泊中

在十月的最后一夜
穷孩子夜里提灯还家　泪流满面
一切死于中途　在远离故乡的小镇上
在十月的最后一夜

背靠酒馆白墙的那个人
问起家乡的豆子地里埋葬的人
在十月的最后一夜
问起白马和灰马为谁而死……鲜血殷红

他们的主人是否提灯还家
秋天之魂是否陪伴着他
他们是否都是死人
都在阴间的道路上疯狂奔驰

是否此魂替我打开窗户
替我扔出一本破旧的诗集
在十月的最后一夜
我从此不再写你

# 给B的生日[1]

天亮我梦见你的生日
好像羊羔滚向东方
——那太阳升起的地方

黄昏我梦见我的死亡
好像羊羔滚向西方
——那太阳落下的地方

秋天来到，一切难忘
好像两只羊羔在途中相遇
在运送太阳的途中相遇
碰碰鼻子和嘴唇
——那友爱的地方

① B为海子初恋的女友，北京中国政法大学1983级学生。

那秋风吹凉的地方
那片我曾经吻过的地方

1986.9.10

# 怅望祁连（之一）

那些是在过去死去的马匹
在明天死去的马匹
因为我的存在
它们在今天不死
它们在今天的湖泊里饮水食盐

天空上的大鸟
从一颗樱桃
或马骷髅中
射下雪来
于是马匹无比安静
这是我的马匹
它们只在今天的湖泊里饮水食盐

1986

# 怅望祁连（之二）

星宿　刀　乳房
这就是雪水上流下来的东西
　　“亡我祁连山，使我牛羊不蕃息
　　失我胭脂山，令我妇女无颜色”
只有黑色牲畜的尾巴
鸟的尾巴
鱼的尾巴
儿子们脱落的尾巴
像七种蓝星下
插在屁股上的麦芒
风中拂动
雪水中拂动

1986

# 水抱屈原

举着火把、捕捉落入
水的人

水抱屈原：如夜深打门的火把倒向怀中
水中之墓呼唤鱼群

我要离开一只平静的水罐
骄傲者的水罐——
宝剑埋在牛车的下边

水抱屈原：一双眼睛如火光照亮
水面上千年羊群
我在这时听见了世界上美丽如画

水抱屈原是我
如此尸骨难收

# 在一个阿拉伯沙漠的村镇上

镇子

而今我一无是处
坐在镇子的一头
这是一个不守诺言的时刻
头巾上星光璀璨
阿拉伯沙漠的村镇已是茫茫黄昏
东面一万里是大海
西边一万里是雪山

镇子

三月过去了
四月过去了
上一个秋天的谈话过去了

请在这个日子光临做我的客人

镇子上——天刚蒙蒙亮
草原上——夜的马很大
少言寡语，见一面，短一日

镇子

你坐在
小山坡上
你坐在小山坡上
一个人住在旧粮仓里写诗
又是生日。一匹
多年的
马
飞来了
一匹多年的
旧布包不好伤口

镇子
点亮一根蜡烛
我们死后相聚在湖上

宛如生前。“俄狄普斯——烛光也曾照你杀父娶母。”
烛火静静叫喊
绿汪汪的水静静叫喊
看见草原和女人的一位盲人
——在烛火静静叫喊

镇子

生日中
你像一位美丽的
女俘虏
坐在故乡的
打麦场上

夜深在村庄摸门
我的什么
遗忘在山上

浪子　你怎么了　你打算用什么办法
将那水中明月
戴在头上

暮色中的马头
斜靠在小镇上

姐妹们早已睡下
打谷场上　空无一人
空无一人

天亮
守夜人
走到神秘的村子

1988.5 删

# 叙事诗

——一个民间故事

有一个人深夜来投宿
这个旅店死气沉沉
形状十分吓人
远离了闹市中心

这里是唯一的声音
是教堂的钟声
还有流经城市的河流
河流流水汩汩

河水的声音时而喧哗
时而寂静，听得见水上人家的声音
那是一个穷苦的渔民家庭
每日捕些半死的鱼虾，艰难度日

这人来到旅店门前
拉了一下旅店的门铃
但门铃是坏的
没有发出声音，一片寂静

这时他放下了背上的东西
高声叫喊了三声
店里走出店主人
一身黑衣服活像一个幽灵

这幽灵手持烛火
话也说不太清
他说："客人，你要住宿
我这里可好久没有住人"

客人说："为什么
这里好久没有住人"
主人说："也许是太偏僻
况且这里还不太平"

"没关系"，那人血气方刚

嗓门洪亮，一听就是个年轻人
说："主人，快烧水做饭
今夜我要早早安顿"

店主人眨着双眼
把客人引入门厅
房子又黑又破
听得见大河的涛声

河面上吹来的风
吹熄了主人手上的蜡烛
他走进里面
把客人留在黑暗中

伸手不见五指
客人等了又等
还是不见主人
他高声叫喊："主人！主人！"

没人答应
他摸黑走向里屋
一路跌跌撞撞

这屋里乱七八糟，黑咕隆咚

屋子里发出声音
他在窗台上摸到一盏灯
举起来晃了晃，灯里没有油
他又将灯放回原处

他推开窗户
河水的气味迎面而来
他稍微停顿一下
站在那里发愣

他还是心神不宁
借河面上渔船的灯光点点
微光反入这黑屋子
看清了这个房间的大致

屋子里只有一张床
什么也没有
那么他刚刚跌跌撞撞
弄碎和弄响的究竟是些什么东西

是不是鬼怪和幻影？
他的心开始有些发毛
刚刚平息下来的心跳
又似一面绷紧的鼓手狠狠锤击的鼓

他在床上坐下
恐怖的故事涌入头脑
他连衣服都没脱
就钻进了那潮湿的被窝

行李扑通一声
跌在地上
在寂静中
这声音显得格外的响

他怎么也睡不着
到半夜，河水声小了
没有一点声音
他更加睡不着觉

翻来覆去，全都是
使他内心恐惧

的幻影和声响
这时一个尖利的儿童声响起

在深夜，这儿童的声音
多像是孤独的墓穴中
一片凄惨的鸟鸣
他听清了，这儿童在喊

“舅舅，舅舅，放我进来”
“舅舅，舅舅，放我进来”
“开门，舅舅”
“开门，开门”

同时有声音捶打着这个房门
这客人连忙起身
下床开门
门外没有一个人影

他又重新躺下
更加不能入眠
这时童声重新响起：
“舅舅，舅舅，开门”

一声比一声凄厉
这个陌生人
一身冷汗
把头也钻到被窝里

但是声音更响
仿佛刀刺在他耳朵上
仿佛这儿童
就在他耳朵里尖叫

他猛地拉开门
但是没有人
他怀疑自己的耳朵
只好把门关上

叫声又响起
还是和刚才一样
他起来，哆嗦着
再重新打量房间

他看见河面上的灯火少了

那微光更弱
但能辨清轮廓
他看清这屋里只有一张床

他的心抽紧了一下
会不会床底下有什么
他伸手向床下摸去
并没有什么

可这时声音又响起
更加激烈，他把手
向回抽时，感到
床底下有人

他的血液凝固
心脏几乎停止了跳动
于是他摸向那儿
原来那床板底下绑着一个人

他吓得没有声音
把手哆嗦着收回
摸出刀子，割断了

那捆绑的绳索

他把那人拖出来
放到房间中央
发现那人口袋里有一支蜡烛
还有一根火柴

他点亮这短短一寸的蜡烛
火烛下看清那人是店主人
已经死了，看样子
已经死了好几天

这死尸躺在他的房间里
这死了好几天的死尸
刚才还引他进门
又被绑在他的身下

这个陌生人额头冒出冷汗
全身都被浸湿
他马上就要昏过去
这时蜡烛也已熄灭

1989.1.17

# 即景

# 春天的夜晚和早晨

夜里
我把古老的根
背到地里去
青蛙绿色的小腿月亮绿色的眼窝
还有一枚绿色的子弹壳，绿色的
在我脊背上
纷纷开花

早晨
我回到村里
轻轻敲门
一只饮水的蜜蜂
落在我的脖子上
她想
我可能是一口高出地面的水井

妈妈打开门

隔着水井

看见一排湿漉漉的树林

对着原野和她

整齐地跪下

妈妈——他们嚷着——

妈妈

1984.10

# 夜　月

一扇又一扇门
推开树林
太阳把血
放入灯盏

河静静卧在
人的村庄
人居住的地方
人的门环上

鸟巢挂在
离人间八尺
的树上
我仿佛离人间二丈

一切都原模原样
一切都存入
人的
世世代代的脸，一切不幸

我仿佛
一口祖先们
向后代挖掘的井
一切不幸都源于，我幽深的水

1985.6.19

# 麦　地

吃麦子长大的
在月亮下端着大碗
碗内的月亮
和麦子
一直没有声响

和你俩不一样
在歌颂麦地时
我要歌颂月亮

月亮下
连夜种麦的父亲
身上像流动金子

月亮下

有十二只鸟
飞过麦田
有的衔起一颗麦粒
有的则迎风起舞，矢口否认

看麦子时我睡在地里
月亮照我如照一口井
家乡的风
家乡的云
收聚翅膀
睡在我的双肩

麦浪——
天堂的桌子
摆在田野上
一块麦地

收割季节
麦浪和月光
洗着快镰刀

月亮知道我

有时比泥土还要累
而羞涩的情人
眼前晃动着
麦秸

我们是麦地的心上人
收麦这天我和仇人
握手言和
我们一起干完活
合上眼睛，命中注定的一切
此刻我们心满意足地接受

妻子们兴奋地
不停用白围裙
擦手

这时正当月光普照大地
我们各自领着
尼罗河，巴比伦或黄河
的孩子　在河流两岸
在群蜂飞舞的岛屿或平原
洗了手

## 准备吃饭

就让我这样把你们包括进来吧
让我这样说
月亮并不忧伤
月亮下
一共有两个人
穷人和富人
纽约和耶路撒冷
还有我
我们三个人
一同梦到了城市外面的麦地
白杨树围住的
健康的麦地
健康的麦子
养我性命的妻子！

1985.6

# 八月尾

即使我是一个粗枝大叶的人
我也看见了红豹子、绿豹子

当流水淙淙
八月的泉水
穿越了山冈
月亮是红豹子
树林是绿豹子
少女是你们俩
生下的花豹子
即使我是一个粗枝大叶的人
少女，树林中
你也藏不住了

八月的尾，树林绿，月亮红

不久我将看到树叶落了
栗树底下
脊背上挂着鹌鹑的人
少女，无论如何
粗枝大叶的人
看见你啦

1986.8.20 夜

# 黎　明

黎明以前的深水杀死了我。

月光照耀仲夏之夜的脖子
秋天收割的脖子。我的百姓

秋天收起八九尺的水
水深杀我，河流的丈夫
收起我的黎明之前的头

黎明之前的亲人抱玉入楚国
唯一的亲人
黎明之前双腿被砍断

秋天收起他的双腿
像收起八九尺的水

那是在五月。黎明以前的深水杀死了我

1986.6.20

# 敦　煌

敦煌石窟像马肚子下
挂着一只只木桶
乳汁的声音滴破耳朵——
像远方草原上撕破耳朵的人
来到这最后的山谷
他撕破的耳朵上
悬挂着花朵

敦煌是千年以前
起了大火的森林
在陌生的山谷
是最后的桑林——我交换
食盐和粮食的地方
我筑下岩洞，在死亡之前，画上你
最后一个美男子的形象

为了一只母松鼠
为了一只母蜜蜂
为了让她们在春天再次怀孕

1986

# 九　月

目击众神死亡的草原上野花一片
远在远方的风比远方更远
我的琴声呜咽　泪水全无
我把这远方的远归还草原
一个叫马头　一个叫马尾
我的琴声呜咽　泪水全无

远方只有在死亡中凝聚野花一片
明月如镜高悬草原映照千年岁月
我的琴声呜咽　泪水全无
只身打马过草原

1986

## 冬天的雨[1]

一只船停在荒凉的河岸
那就是你居住的城市
我的外套肮脏，扔在河岸上
我的心情开始平静而开朗

河水上面还是山冈
许多年前冒起了白烟
部落来到这里安下了铁锅
在潮湿的天气里
我的心情开始平静而开朗
这不是别人的街头，也不是我梦中的景色
街头上卖艺人收起了他彩色的帐篷

① 此诗大概是《雨》的初稿。

冬天的雨下在石头上
飘过山梁仍旧是冬天的雨
打一只火把走到船外去看山头的麦地
然后在神像前把火把熄灭
我们沉默地靠在一起
你是一个仙女，是冬天潮湿的石头
你的外表是一把雨伞
你躲在伞中像拒绝天地的石头
你的黑发披散在冬天的雨中
混同于那些明媚的两省交界的姑娘
在大山的边缘，山顶的雪已隐然远去
像那些在大河上凝固的白帆
我摘下你的头巾，走到你的麦地
这里粮食虽然是潮湿的
仍然是山顶的粮食

野兽在雨中说过的话，我们还要说一遍
我们在火把中把野兽说过的话重复一遍
我看见一个铁匠的火屑飞溅
我看到一条肮脏的河流奔向大海，越来越清澈，平静而广阔
这都是你的赐予，你手提马灯，手握着艾

平静得像一个夜里的水仙
你的黑发披散着盖住了我的胸脯
我将我那随身携带的弓箭挂到墙上
那弓箭我随身携带了一万年

我的河流这时平静而广阔
容得下多少小溪的混浊
我看见你提着水罐举向我的胸脯
我足够喂养你的嘴唇和你的羊群

我在冬天的雨中奔腾，我的胸脯上藏有明天早晨
明天早晨我的两腿画满了野兽和村落
有的跳跃着，用翅膀用肉体生活
有的死于我的弓箭，长眠不醒

1987.1.11 达县

## 雨

打一支火把走到船外去看山头被雨淋湿的麦地
又弱又小的麦子！

然后在神像前把火把熄灭
我们沉默地靠在一起
你是一个仙女，住在庄园的深处

月亮　你寒冷的火焰　你雨衣中裸体少女依然新鲜

今天夜晚的火焰穿戴得像一朵鲜花
在南方的天空上游泳
在夜里游泳，越过我的头顶

高地的小村庄又小又贫穷
像一棵麦子

像一把伞

伞中裸体少女沉默不语

贫穷孤独的少女　像女王一样　住在一把伞中

阳光和雨水只能给你尘土和泥泞

你在伞中，躲开一切

拒绝泪水和回忆

# 九首诗的村庄

秋夜美丽
使我旧情难忘
我坐在微温的地上
陪伴粮食和水
九首过去的旧诗
像九座美丽的秋天下的村庄
使我旧情难忘

大地在耕种
一语不发，住在家乡
像水滴、丰收或失败
住在我心上

1987

# 两座村庄

和平与情欲的村庄
诗的村庄
村庄母亲昙花一现
村庄母亲美丽绝伦

五月的麦地上　天鹅的村庄
沉默孤独的村庄
一个在前一个在后
这就是普希金和我　诞生的地方

风吹在村庄
风吹在海子的村庄
风吹在村庄的风上
有一阵新鲜有一阵久远

北方星光照耀南国星座
村庄母亲怀中的普希金和我
闺女和鱼群的诗人　安睡在雨滴中
是雨滴就会死亡!

夜里风大　听风吹在村庄
村庄静坐　像黑漆漆的财宝
两座村庄隔河而睡
海子的村庄睡得更沉

1987.2 草稿

1987.5 改

# 青海湖

这骄傲的酒杯
为谁举起
荒凉的高原

天空上的鸟和盐　为谁举起

波涛从孤独的十指退去
白鸟的岛屿，儿子们围住
在相距遥远的肮脏镇上。

一只骄傲的酒杯，
青海的公主　请把我抱在怀中
我多么贫穷，多么荒芜，我多么肮脏
一双雪白的翅膀也只能给我片刻的幸福

我看见你从太阳中飞来
蓝色的公主　青海湖
我孤独的十指化为天空上雪白的鸟。

1988.7.25

图书在版编目（CIP）数据

诗歌精读. 海子 / 海子著. —杭州 ：浙江人民出版社，2019.3（2020.4重印）

ISBN 978-7-213-09211-4

Ⅰ. ①诗… Ⅱ. ①海… Ⅲ. ①诗集-中国-当代 Ⅳ. ①I227

中国版本图书馆CIP数据核字(2019)第039534号

## 诗歌精读·海子

海 子 著

出版发行：浙江人民出版社（杭州市体育场路347号 邮编 310006）
市场部电话：(0571)85061682 85176516
责任编辑：余慧琴
营销编辑：陈雯怡
责任校对：陈 春
责任印务：陈 峰
封面设计：观止堂_未氓
电脑制版：杭州天一图文制作有限公司
印 刷：浙江新华印刷技术有限公司
开 本：880毫米×1230毫米 1/32 印 张：8
字 数：147千字 插 页：4
版 次：2019年3月第1版 印 次：2020年4月第2次印刷
书 号：ISBN 978-7-213-09211-4
定 价：36.00元